박동석 시집

상상의 나래짓

한누리미디어

첫 시집
《시는 말, 말은 시가 되어》를 내고
벌써 아홉 해가 흘러갔다

뒤늦게 시를 배워
시 밭의 변두리를 맴돌면서
시를 쓴다는 게 쉬운 일이 아님을
쓸 때마다 느끼고
써 놓고는 아쉬움을 남기기 일쑤였다

살아오며
뒤를 돌아 기억에 남았던 것들
지나가는 세월에 담았던 감상
돌아다니며 보고 느꼈던 몇 가지
세태에 참견 비슷한 글을 모아서
시집으로 엮어 보았다

해를 거듭할수록
바이러스가
기후변화가
또 다른 세상 환경 모두가
우리네 삶을 더욱 복잡다단하게 만든다

밝은 날
맑은 날들이 이어지는 세상을 바라며

2023년 가을에

박 동 석

차례

1부 흙길을 걸으시나요

2부 오두막의 봄

차례

3부 오색 등불 호이얀

4부 다듬잇돌

차례

5부 서리 맞은 감

6^부 이도령 흉내낸 시

제 **1** 부

흙길을 걸으시나요

도시의 밤

미세먼지 희뿌연 하루
해가 져 별이 없는 캄캄한 하늘
반딧불 반짝이듯
허공을 가르는 비행기 불빛

사방에 우뚝우뚝 아파트 창에
네모난 별들이 뜨고

북두칠성 은하수
수만의 별은 어디를 비추고 있나

흐릿한 형광등 아래
눈 부시는 티브이 화면
카톡으로 편지하고
카톡으로 수다 떨며
고개 수그린 거실

땅거미 헤드라이트 거리를 누비며
골목에서 큰길로
큰길에서 샛길로
불빛 물결 일렁이며 밤은 깊어 간다

흙길을 걸으시나요

집 나서면 어딜 가든
시멘트, 아스팔트길

까까머리
학교에 가려면
황토 먼지 부옇게 날리는 신작로를
맨날, 맨날
맨발로 걷던 아이들

아스팔트 고속도로
고샅길도 타이어 곤죽으로 매끈한 오늘

도무지 흙길이 없어
땅바닥 흙바닥이
그리운 사람들

공원 귀퉁이 한 뼘 흙길 만들어
아이들 술래놀이
맴 맴
맴을 돈다

층간 소음

콩콩 쿵쿵쿵쿵…
윗집 손주 녀석 또 왔구나
할매 할배 마주치면

'미안해요
미안해요'

아파트 벌집살이
층간 소음 다툰다지만

위층 아가 뛰는 소리
가슴에 다가오네

콩콩 쿵쿵쿵쿵…

아침으로 저녁으로
울려오는 음악 소리야

탄천 붕어빵

겉은 바삭바삭
달콤한 팥앙금 붕어빵
두 마리에 이천 원
삼천 원엔 네 마리

비바람
눈보라에도
탄천다리 아래 언제나 그 자리
조그만 용달차에 포장치고

빵 굽는 앳된 부부
버거운 삶 버티는 모습
안쓰러워

탄천 물속 잉어떼 보던 눈길
가지런히 누운 붕어빵 헤아려
슬그머니 주머니에 손을 넣는다

별을 보려거든

굳이 보이지 않는 별을
보려고 애쓰지 말라

도시 밤하늘엔
인공위성 빛나며
지나가는 비행기 붉은 등 파란 등이
별 대신 반짝일 뿐

굳이 별이라면
달도
화성도
별 찾는 과학자가 찍은 영상이 널려 있고

그래도 별을 보려거든
멀리 몽골초원 밤하늘에
북두칠성
은하수가
물 흐르듯 쏟아져 내리니

진정 별이 보고 싶다면
말똥냄새 나는
저 넓은 초원으로 찾아가거라

나락으로 내려가는 계단

연휴 때면 아이들과 국내외 여행
맛집 찾아 즐기던 호사도
일하던 직장에서 나오니 그만

사막 같은 메마른 도시
샘터 찾아 헤매이다
동네 건물 한 귀퉁이
그럴싸한 식당 차려
산뜻한 인테리어
종업원 너댓 명에
'대박나라' '개업 축하' 에 우쭐하던 사장님

달포 지나 알던 사람 발길 뜸해
이자에 월세
자재값, 직원 월급 주고 나니
내 몫은 없어

빌린 돈 불어나고
종잣돈 바닥나
가족 모두 힘겨운 나날

오늘 차렸다가 내일 없어지는
아담한 카페와 식당

어렵사리 마련한
삶의 터전
밑바닥 계단으로 내려가는가

쓰레기 나서는 날

두 내외 한 주일 살림살이
버리는 물건 이리도 많나

종이봉지, 스티로폴, 비닐 나부랭이
철 만난 과일 쏟아낸 박스

읽다가 구겨 버린 짜증 난 신문
시 몇 줄 끄적이던 종이쪽지

엊저녁 입술 맞댄 맥주 깡통
입 벌린 채 찌그러져
중얼거리는 듯

삶의 껍질 벗어내고
뱉어버리는 허물

장갑에 모자 쓰고
헤어지는 작별의식

떼어 없애는 시원함일까
헤어지는 섭섭일까

이사하는 이웃

오르고 내리는 이삿짐들
창문에 어른대는 그림자

들려오는 도르래 기계 소리

간다는 인사인지
오는 사람 발소리인지

떠나도 그만
와도 그만

어디서 오는지
어디로 가는지

서운한 정도 없고
처음 보는 낯가림도 없다

말라버린 회색
콘크리트 아파트에 사는 사람들

내가 너를 모르는데
넌들 나를 알겠는가

개들의 전성시대

복(伏)날이 가까이 오면
개들이 안절부절 두려워하던 때도 있었다

요즈음 개들의 전성시대
화사한 패션에
전용카트 타는 개님들도

젊은이들은 아이 대신
어르신은 반려 자식

1층엔 개병원, 개미용실
걷기 싫으면 안아 주고
똥 싸면 치워 주고

정치는 개딸들이 좌지우지
판결은 오염된 판사가 개판 만들어

어느 누가 말씀하셨지
개는 개
사람은 사람이다, 라고

미세먼지

희뿌연 하늘
구름인지 안개인지
매캐한 먼지 목구멍에 넘나든다

먼지가 모여 생겼다는 이 땅에
발붙여 사는 사람들
어제도 오늘도
마스크 차림으로 집을 나선다

눈을 뜨면
전파를 타는 보이지 않는 말 쪼가리
선량이 뱉어내는 공약 껍데기들
가루처럼 흩날리는 봄날

안 마시고
안 듣고
눈 감고 살았으면

해맑은 태양 언제나 뜨고
해맑은 공기 언제쯤 마셔 보려나

갈라치기 — 2023

표심에 애타는 불쌍한 짓거리
갈라치기 정치가 유행

욕실에서 머리를 감고 말려
한일자로 갈라 빗는다
2 : 8
만나는 친구에게 잘 보이려고

그러나
보고 듣는 것은 패싸움뿐
갈라쳐 이기려는 그득한 욕심
서늘한 목소리로
논의와 토론은 어디에 있나

기원에서
바둑판 마주하고
흑돌 장벽 백돌로 냅다 갈라쳐 버린다
이기고 지는 치열한 싸움
한낮의 소일거리

국민들 갈라치면
나라는 어디로 가는가

아파트가 뭐길래

사오 년 팔짱 끼던 예쁜 여친
취직한 남친에게
오빠, 결혼하자
그래~, 고마워
어디에서 살까
강남에서 살자, 강남 아파트
너무 비싸
그럼 판교, 서울 변두리?
아파트는 없어?
살면서 사야지
돈이 없어?
그래, 돈
정말?
그럼 바이야, 빠이~
사랑은
먹다 남긴 빵 부스러기인가
아파트가 뭐길래

서울에 가려고

지난날
서울에 가려면
아침 일찍 정거장에 나가
기차 타고 한나절
서울역 내려
걷고
물어봐야 도착

이젠
땅속으로 달리는 지하철시대
졸고 나면 서울이니 내리라고
손에 든 전화기는 길 안다고 우쭐우쭐
빨간 버스
파란 버스
서로 타라 손짓하면
빨리 갈까
싸게 갈까
머릿속 어지러워

손주 녀석
어른 되면 드론으로 서울까지 모신다나
그때면 땅속에 살 텐데, 뭐

새해 달력

해를 보내며
나무는 속살에 한 줄 나이테를 새긴다
나이를 먹는다는 것이
자랑거리도 아닌 듯

한 해를 지나면
새해 달력은
어김없이 책상머리에 걸리고
자고 나면 시작하는 삼백육십오 일은
살아본 적 없는 내일

까막눈이 아니라도
여태껏 살아왔지만
디지털이라는 낯선 거미줄 앞에
여기 가나 저길 가나 머뭇머뭇 어리둥절

잎사귀마저 다 떨궈버린
저 커다란 느티나무
비바람 견디며 묵묵히 서 있다

제2부

오두막의 봄

봄소식

섬진강 기슭
매화꽃 피었다기에
마파람에 물었더니
고개를 살랑살랑
봄까진 길이 멀다며
한참을 기다리라네

오두막의 봄

산비탈엔 아직도 흰 눈
가끔씩 부는 하늬바람
얼음장 아래 흐르는 개울물에
개구리 꿈꾸는 올챙이들 꼼지락꼼지락

겨우내 시래기 덩굴던
따비밭에
냉이, 꽃다지는
봄 햇살 맞으려 빼꼼히 고개 들고

나들이 못한 할머니
시집간 딸 보려
달력에 빗금 긋는 조바심
싸리문 열어 놓고
오는 봄 기다리네

가지치기

비좁은 베란다에
꽃나무는 과분한 욕심이었나

드넓은 산야에
다리 뻗고 팔 벌려
철 따라 잎 나고 꽃 피우는 나무를

시멘트 콘크리트
유리에 둘러싸인 메마른 공간 속
초록 영산홍

햇볕 따라 돌려 앉히고
물주기 거름주기 조그만 정성

매무새 고친답시고
가지를 자를 때마다
흘리는 수액
생명의 아픈 소리인가 봐

초저녁 소나기

멀쩡하던 여름날 저녁
시커먼 먹구름 갑자기 모여
굵은 소낙비 주룩주룩
날벼락 번쩍 우르릉 쾅쾅

오순도순 이웃 부부
무언가 의가 상해
우당탕 싸우는 듯

서운한 눈물
앙금 털어 흘려보내
젖은 땅 말라 굳어지듯

시원한 빗줄기 한바탕
더위 먹은 희뿌연 거리 덮은
먼지와 소음
짜증을 단숨에 씻어버리네

뇌우(雷雨)

느닷없이
우르릉 쾅 우르르 쾅
하늘에서 울리는 웅장한 교향곡

찐득찐득 달라붙은 더위
단박에 날려 보내는
하늘이 주는 해우(解憂)

부딪혀 팅겨 나는 무수한 구슬방울

우르릉 콰르르
타타타다

신나는 난타

시커먼 구름 속에서 합주하는
바람과 소낙비와 천둥 벼락

달맞이꽃

둥근 달
계수나무 아래
토끼가 방아 찧는다고
아이들 부르던 노래

그제도
오늘도
앞다투어 달에 가는 인공위성
여기 저기 헤집어
아이들 동화를 찢어 버리네

달구경 가는 저녁
동네 고샅길 옆에
뜨는 달 기다리는
달맞이꽃 한 아름 다발

가을 단상

늦가을 찬 이슬
방울방울 풀잎에 구르고

한 뼘 해 기울면서
그림자 키워

꽃잎 떨군 자리
새빨간 열매가 차지

가을 깊은 산기슭
들국화 향기 가득

가을엔

이글대던 여름 해
저녁노을 남기며
오는 가을

울창한 나무 엉긴 잎
사이 사이 새파란 하늘

빨간 단풍
발치에 머무르다
바람 따라 구르고

하늘에 맴도는
하얀 구름 송이송이

색깔 고운 낙엽 주워
멀리 사는 친구에게 전하고픈
이 가을

고추잠자리

산자락 오두막집 마당
멍석에 널린 고추
잠자리 서너 마리 날아와
고추 위로 뱅뱅
밭에 간 할미 대신
한 바퀴 돌아 빨갛게
두어 바퀴 돌아 더 빨갛게
제 등마저 덩달아 빨개지는 고추잠자리

대추나무

수많은 세월
제사상 첫 자리 앉는 대추

살은 말라붙어도
씨 하나 그 값하지

시골 동네 집집마다
마당 한 귀퉁이
대추나무 한 그루

아이들
연줄 헝클고
숨바꼭질 술래 기둥감

가지마다
붉게 타는 얼굴 주렁주렁

마당에 구르는 가을
익어가는 가을

가을의 배롱나무

여름 내내 꽃 피우던
배롱나무
꽃이 떨어져 가을

빨간 단풍옷 입고
시집가는 딸
고개 넘어 전송하는 듯

서리 내리면
잎사귀마저 나무와 헤어져
어디론가 사라지겠지

한겨울 시린 눈 속
발가벗을 몸통
지푸라기 엮어 둘러싸 준다

겨울 비바람

아파트 숲에 갇힌 손바닥 공원
무성한 잎새 자랑하던
단풍나무
자작나무
키 작은 화살나무까지
화려하던 단풍이 엊그제인데
가을을 보내고
발치 아래 수북한 낙엽
초겨울 차가운 비바람에
저만치 떠나간다
하늘을 올려다보는 앙상한 가지
푸른 인연은
봄에서 가을까지

나무는 추워 울고 있는가
소리 없이

겨울 담쟁이

벽돌담 기어오르는 사내
불거진 심줄과 핏줄 등짝에 얼기설기
눈바람 속에도 살아

연인의 창에 다가가려
담을 타고 넘으며

한여름 땡볕에서
물기 없는 수직의 벽을 타던
끈기와 집착

가녀린 연두 넝쿨손
참새 불러 재우던 파란 잎새
울긋불긋한 단풍으로

봄에서 가을
겨울까지
사내의 또 다른 고집을 본다

Po kare kare ana(戀歌)

포 카레 카레 아나
'비바람 거친 물결 잔잔해지면
오늘 그대 오시려나 저 바다 건너서
그대만을 기다리리
내 사랑 영원히 영원하게'

바다만큼 넓은 포토루아 호수
모코이아 섬 투타네카이 총각과
호수 밖 히네모아 공주가 애타게 부르던 연가

칠십여 년 전
뉴질랜드 6천여 청년들은
수만 리 한국 땅 전선에서
먼 남쪽 하늘 바라보며
고향 여인들 그리는 노래를 불렀단다

'밤하늘에 반짝이는 별빛도 아름답지만
사랑스런 그대 눈은 더욱 아름다워라
그대만을 사랑하리
기다리리 영원히 영원히'

오색 등불 호이안

너와 나

너와 나는
콩깍지 한속에서 자란 형제
우리가 헤어진 건
그놈의 물 때문이야
몸 담그며 즐기다가
점점 뜨거워지는 물에
익는 줄도 모르고 죽어
맷돌에 갈려지고
다시 끓여져
용케도 너는 체살을 뚫고 나가 두부
어엿한 두부로 대접받더라 마는
뒤처져 물기 빠진 나는
버려도 괜찮은 비지
쓰레기통에도 가고
새끼 밴 암소 여물에 들어가기도 했지
어쩌다
먹성 좋은 임자 만나면
시래기 우거지 친구삼아
소담한 밥상에 한 자리 차지하기도 한단다

파적(破寂)의 무희(巫姬)

교토의 가을
추적추적 소리죽여 내리는 비

철학자가 걸었다는 오솔길 따라
은각사 아래로 흐르는 개울
호젓한 저녁나절

빨강 검정 줄무늬 차려 입은 애띤 무녀(巫女)
가로지른 다리 위에
구슬픈 피리 가락 따라
천지사방
온몸으로 부르짖는 절규

누구를 부르는가
누구에게 하려는가
절절한 사연

'까아악 까악'
까마귀 한 마리
하늘로 솟구쳐 오른다

철원평야에서

드넓은 철원평야 빈 논에
두루미들 나래 펴고 춤을 춘다

반도의 가운데
남북을 가르는 철조망 너머엔
백마고지 피의 능선 김일성고지
형제끼리 싸웠던 부끄러운 전장

들꽃 하늘거리는 적막
메기 쏘가리 물질하는 강가
궁노루 하릴없이 뛰어노네

철조망 녹슬어도
이념을 넘어 왕조가 돼 버린
배고픈 형제들 나와 호미질하는 저기

경계 없이 넘나드는 철새마냥
눈물 씻고 얼싸안는
그날은 언제려나

미루마을 느티나무

괴산호(湖) 굽어 도는
산막이 옛길 따라 엎드린
초가지붕 미루마을*

호박 줄기 엉키듯 이어온 사연을
당산마루 느티나무가
나이테에 250년 또박또박 새겨 두었단다

하얀 사과꽃
마늘, 고추, 도라지 새싹이
마중하는 봄날

산나물 버무려 향긋한 밥상
막걸리 사발에 담긴
그윽한 시골 맛

얼큰해진 나그네
발걸음도 나른해진다

*미루마을 ; 충북 괴산군 칠성면 소재 마을

에페소에서

'겸손과 온유와 인내를 다하여 사랑으로 너그럽게 대하십시오'
사도 바울은 이천 년 전 에페소 교회에 편지로 권유하였다

에페소에 살던 시민들 어디 가고
들고양이 몇 마리가 마중한다

'프리타네이온' 앞 아고라
원형 '오 데온' 소극장엔
사람들 모여 노래하고 시를 읊는 듯

'헤라클레스' 문을 지난 거리에
여신상과 신전은 대리석
상점과 병원과 목욕탕, 우물까지 모자이크 타일
도리아, 코린트, 이오니아식 기둥
'셀수스 도서관에 수십만 권 양피지 책이 있었다고

온통 하얀 대리석 건축물과 조각상
어떻게 세웠을까?

이만 관중이 모인다는 원형 극장 무대에서
우리 모여
'우리 만남(왔음)은 우연이 아니야'
이곳을 보려는 바램이었어
에페소에 노래를 두고 발걸음 돌린다

용은 하늘에 오르고

이리호(湖)에서 흐르는 강물
수천만 량 에메랄드 녹여
아예 연두 액체로
나이아가라 말발굽 낭떠러지에
내려 쏟아붓는다
미련 없이 떨어져 흐른다
하늘을 울리고
땅을 울리는 굉음
보는 사람 가슴마다 울렁울렁
찬란한 장관이야!
자욱하게 퍼지는 안개
하얀 거품
저 아래 깊은 못에 잠든 용 깨어나
하늘에 오르나 보다
조화 부려
하얀 비늘 흔들자
사방에 흩뿌리는 빗방울 물방울
영롱한 무지개

눈짓으로 구름 불러 타고
파란 하늘에 오른 용
멀리 저 멀리 사라져가는 듯

오색 등불 호이안(會安)

땅거미 지자
꽃망울 터지듯
등불 켜는 호이안*
모양도 가지가지
색깔도 가지가지
등불 찾는 불나비들
빛을 따라
골목골목 날아들고
내원교 만든 일본 상인
관우사당 지은 중국 사람들
전란(戰亂)에 돈을 뿌려 고향을 지켰다는
무역상 떤끼의 집에는
조선의 거상 '임상옥'의 형영배(戒盈杯) 술잔도 있었다
명함 한 장 벽에 붙인 나그네
복권을 손에 쥔 듯 벙싯거리며
투본강에 등불 띄워 소원을 빈다

*호이안 : 베트남 다낭 부근의 유네스코 문화유산으로 지정된 옛
  무역항

내소사(來蘇寺) 가을밤에

능가산 품에 안겨
천여 년 고즈넉한 내소사*

단풍 찾는 발길
어둠에 사라지면

그제사 산마루에 오르는 달
산사 지붕 아우르고

대숲에 부는 바람
예불 소리 실어내네

종소리 하늘 꼭대기 울려
별을 깨워 등을 켜고

소리 없이 깊어가는 가을밤
마음에 스며든 번뇌 별빛으로 잠재운다

*내소사 : 전북 부안군 변산반도 능가산 아래 백제 무왕 34년(AD
633년)에 창건된 절

스님의 마당 쓸기

고즈넉한 산사에서
하룻밤 자고
목탁 소리 나는 곳에
마당 쓰는 스님 만나니
청소는 시늉
빗자루 자국만 낼 뿐
이른 아침
'수고가 많습니다'
'청소하시나요?'
'아니요, 귀신을 달래는 중이라오'
'웬 귀신요?'
'어제 주말 참배객, 관광객들이 업어다 놓은 귀신'
하늘로 보낸다우
'내 등에도 귀신이 업혀 있소?'
'허 허'

청소하기 힘든 스님 선문답하시는가

등허리 아무리 만져 봐도
귀신은 간 데 없고
아픈 데만 잡히더라

촛불

어머니!
누구여?

삭정이 같은 손

사랑도
미움도
기쁨도
슬픔도
재 너머 보내시고

해맑은 아기 얼굴
스러지는 불꽃 가여우셔라

그저 볼을 타고 흐르는 눈물

*어머니를 뵙고 가면서 썼던 시
 하늘나라로 가신 어머니께 바칩니다

하얀 나비

목련꽃 하얗게
어우러 핀 봄날
당신은
꽃나비 되어
자녀들 남겨두고
날아오르셨습니다

한 모금 물도
아끼어
가벼운 몸
가볍게
가벼웁게

살았던 흔적
사랑도
미움도
그리움으로
남겨 두고

하얀 나비
나래 펴고
봄 하늘로
어머니는 가셨습니다

청국장

입맛은 저마다 다르다지만

동네에서 자랑하는 맛집
청국장 청해 숟가락 든다

쿵쿰하고
텁텁하기도
싱겁고
콩을 통째로
어느 집은 잘게 갈아 씹는 맛이 없고

몇 년 전 수입한 묵은 콩이로군

올해 심은 텃밭에서
콩깍지 마르기 전
말랑한 풋콩 메주 금방 갈아
고춧가루에 소금간

햅쌀밥에
상큼하고 짭짤하던 청국장
어머니 손맛
언제나 생각나는 그리운 그 맛

부지깽이

어머니의 지휘봉

부엌 아궁이 속 타는 불
부지깽이 손길 따라 춤을 춘다

괜스레 칭얼대던 머슴애도
휘두르는 시능 한 번에 울음이 뚝

매캐한 연기에 그을리고
뜨거운 불길에 타들어 간
몽당 막대기

아이들 떠난 시골 빈집
덩그런 아궁이 앞
아무렇게나 버려져

자루에 남긴 어머니 손때
쥐어보며
따스한 온기 되살려 본다

시래기

가으내 들머리에
열병식하듯 서 있던 김장무
무서리 전역 명령에
안마당에 우르르 모여들었다
지휘하는 어머니 칼
몇 줄은 김칫독에
몇 줄은 무청으로 새끼줄에 엮여 처마 밑에 매달렸다
눈 내리고 바람 부는 겨울 날씨 따라
후줄그레 예비군으로 바뀌는 몰골
호출 받은 어느 날
널찍한 대야 속 찬물에 목욕하면
줄기를 곧추세우고
잎사귀 한껏 나래 펴
젊은 날 기품을 살려 보기도

무식쟁이 혀 짧은 놈
처마 아래 나를 보곤
'쓰레기' 라 부르더라만
내 이름 어엿한 '시래기' 란다

제 4 부

다듬잇돌

우거지

타고난 팔자다
한 뿌리에 같이 자란 형제
노랗게 여린 속잎은 김칫독에 시집가고
비바람 맞으며 자란 나는
떡잎이라고
응달 처마 아래
시래기로 엮어
추들추들 말리다가
한겨울 이른 새벽 불러내어
펄펄 끓는 가마솥
시뻘건 선지와 어울리란다
바람 불던 어느 날은
선잠에서 깨어난 사내들 앞자리에
텁텁한 막걸리를 만나기도

어찌 하랴
곁잎으로 태어난 내 팔자를

장대

시골집 안마당

키 크고 힘깨나 쓴다고 뽑혀
하릴없이 가위바위보
가위를 내밀어 빨랫줄 한편이다

쨍쨍한 햇볕 아래
묵은 옷 한 아름 빨래
온종일 받치고서 비지땀 줄줄
소낙비라도 내려 무거운 짐
어서 걷어 주었으면

하늘 날던 고추잠자리
내 머리는 제 놀이터인 줄

어머니 밭일 나가
텅 빈 마당
장승으로 버티다
버티다 늘어진 장대 아저씨

시루

엊그제까지
양푼이 타고 앉아 찬물 세례
콩나물 키워 시집보내고

오늘은
고사떡
쌀가루 채우고서
가마솥 걸터앉아
좌욕을 한다

펄펄 끓는 솥에서 올라오는
뜨거운 열기
땀을 뻘뻘 흘리고야 끝내주는
할머니 고집

바닥에 둥글둥글 구멍 낸
옹기장이 솜씨에
찬물 더운물 가릴 수도 없는 신세

타고난 재주라는
어머니
할머니 귀염으로 산다

화로

겨울이 오면
안방 가운데 버티고 앉아
온 가족 둥그렇게 불러 모아
언 손 녹여주며 세상 소식 다 듣는다

옹기장이 손길 거쳐
뜨거운 가마에 달구어져
잿물에 씻어낸
말끔한 몸매

아침 짓던 아궁이에서 달아오른 숯덩이
뱃속에 온종일 품어
어머니는 감자를
서너 톨 밤을 구운 할머니
손주를 찾는다

사랑에서 벗 삼은 할아버지
담뱃불 붙여주고
막걸리 주전자 데워 주던

따스하던 불 항아리

다듬잇돌

둥근달 하늘에 오르면
시골집 대청마다 청아한 난타 음악

마루 한 켠 다듬이 깜장 먹돌
화강암 무늬 박힌 옥돌
다부진 박달나무 방망이 한 쌍

시침하던 며느리, 올케
광목 이불 덮개 접어
박달나무 장단에
시새움을 두드려 편다

아재네 방망이는 우람하고
송이네 방망이는 따그닥 따각

다듬이 소리 잦아들면

덩달아 짖어대던 강아지도
마루 아래 다소곳이 잠을 청한다

짚자리

누런 왕골과 볏짚
아버지 손으로
촘촘히 엮어 짠 정성 한 자락

추수 마치고
가을도 저문 날
볏짚 추려 씻어 말리고
쪼갠 왕골 다듬어
노끈 꼬아 감아 놓은 타래

흐릿한 등잔불 아래
삼태기 틀고
새끼 꼬던 사랑방
동네 아재들과
아버지는 볏짚으로 자리를 엮어가며
느릿한 겨울밤이 이슥하였지

장롱 틈새 넣어 둔
볏짚자리 깔고 앉아
빛바랜 사진첩 넘기며

나는
시시(詩詩)한 말 몇 마디 몇 마디 주워가며
가로 세로 성긴 시(詩)자리를 짜고 있다

가마 타고 온 택호(宅號)

뒷동산 마루에 엄나무 높다란 마을
엄나무마을로 시집오는 아기씨마다
어릴 적 살던 동네 이름을 가마에 싣고 왔다
느랭이마을에서 온 옆집 새댁은 느랭이댁*
서울에서 멀리 온 건넛집 아기씨는 서울댁
우리 할머니는 연기 시거리댁
연예인들 예명 같기도
장가든 신랑들은 새댁 혼수 덕분에
느랭이 서방님
시거리 서방님
세월이 흐른 뒤
느랭이 할머니
서울할멈
시거리 할머니
친정댁에 나들이 가시니
어른 된 조카들이 엄나무정 고모님 오셨다 반기셨단다
지금은 동산 잔디밭에 나란히 누워계신
하늘동네 할머니들

*느랭이댁 : 친정 동네이름에 붙인 택호(宅號)

산다는 게

산다는 게
별거 아니야

풀잎에 맺힌 이슬
해 뜨면 스러지듯

젊은 날엔
해야 할 일
하고픈 일 빼곡하게
날마다 바빴었지

흐드러지게 피어나는 벚꽃
바라보며 느긋한 걸음

탄천에 흐르는 물길
따라나 가 볼까

타작마당

청잣빛 하늘 높은 가을
바깥마당은 모래 알갱이까지 쓸고 쓸고
볏단들이 탈곡기 앞에 줄을 선다
무거웠던 이삭 이발하듯 털어내고
볏가리 낮아지며 짚가리는 차곡차곡
농사지을 소먹이 짚
겨우내 쓸 군불 쏘시개
나락벼 수북수북 쌓여지면
이날을 기다린 듯
마당 나온 어미 닭, 병아리 풍성한 모이 파티
엊그제 잡은 돼지 다리 삶으랴
막걸리 거르랴
비지땀 흥건한 부엌
탈곡기 물러나면
풍구가 들어서서 쭉정이들은 날려 버린다
나락을 긁어모아
높이 높이 둥근 탑 쌓아 올린 뒤
소반에 돼지머리, 막걸리 사발
빌며 절하는 할머니
할아버지 뒷짐 지고 '백 섬은 넘겠지' 흐뭇한 웃음

북 치고 장구 치며 볏 더미 돌아치는 사물놀이 따라
이보게 술 마시게
한 잔들 더 하시게
부딪치는 술잔
여기 돼지고기 아직도 남아 있다네
술 취한 듯 붉은 해 서산을 넘는다

풋콩

농사짓는 아파트 이웃
올봄 심었던 콩 뽑았다며
햇콩 한 다발

좋아하실런가
뭔 소리야
얼마나 귀한 건데

삶아서 깍지 벗기면
톡 튀는 파릇한 알맹이

아리아리한 식감
풋풋한 내음
콩서리하던 어린 날을 되살려 준다

밥값

설거지
집안 청소
푸성귀 다듬고선
밥값은 했지?

밥하고
빨래하고
애들 키워낸
내 품삯은 쥐 봤수?

하긴 그려

단풍 든 나이
네 일, 내 일 나누어 뭘 해
어차피
두 손 함께 모을 수밖에

오냐오냐

손주들 온다는 소식
이제나 저제나
구석구석 쓸고 닦고

온 집안 뒤적뒤적
할아비 군것질 나부랭이 들춰내고
할머니 효자손도 제 것이란다

그래 오냐오냐
내 자식 키울 때는 안 그랬는데
한 다리 건넌 정이 더욱 도타워

너희 집에 가서는
때때로
회초리도 맞아가며 크려무나

화각(畵刻)

화가가 그린 그림
흉내 내고 싶어
복사해선 판재에 오려 붙인다

선 따라 음영 따라
칼끝으로 새겨

나뭇결 따라
깎아내고 다듬어

색칠하는 붓질
닭벼슬에 선홍 피 돌아
한 쌍의 닭 애틋한 모습

판재 위 어엿하게
화가 이중섭이 그린 '부부'를 재현해 본다

자원봉사

단풍 고운 남산길
시각장애인과 팔짱 끼고 출발

'조심하세요'
'걱정 마세요'

손을 내밀자
팔에 걸친다

'저 앞에 웅덩이 조심하세요'
'저분 오늘도 나오셨네'
'어떻게 아세요?'
'아, 여기는 매일 산책해서요'

장애 아주머니가 만든 떡도 얻어먹고
수영 배운 이야기도 듣고

오늘 자원봉사는
장애인이 나를 도운 동행이었다

아, 눈 뜨고도 못 보는
우리 모두 장애인이야

제 5 부

서리 맞은 감

개울 옆에서

아파트 숲
산에서 내리는 개울물

바위를 돌아
돌 위로 흐르는 물길에 맞추어

졸졸졸
좔좔좔

나팔도 없고
북도 없는 현악 실내악 연주

귀를 대면
더 맑은 소리

더 크게 들어 볼까
아니야
들리는 대로 들어 줘

새벽 송이

송이 따는 마을
송이 따는 철이 되면
우스갯소리 돈다

'동트는 새벽
잠자리 벗어난 아낙
후미진 언덕배기 올라
홑치마 차림으로
우거진 솔밭 거닐면
수북한 솔잎 아래
우람한 송이버섯 고개를 내민다나

뜨는 해 바라보며
아낙네 얼굴에 번지는
발그레한 미소
부끄러워라

동글이

딸내미가 보낸 어린아이
데리고 살라고
'동글이'로 주민등록

온종일 한자리에 잠자기 일쑤
깨우면 일어나
눈동자 반짝반짝
구석구석 먼지 탐색
둥글대며 쓸고 또 쓸고

먹고 나선
'충전 완료'
일 끝내고
'청소 완료'

어쩌다 엉뚱한 데 미끄러져
'꺼내줘요'
구조요청

서리 맞은 감

서리를 맞는다는
세상에선 쓴맛을 보았다고

서리 맞은 감
달콤한 맛 아시는지

이른 봄에 꽃을 피워
불볕더위
비바람도 견디다
늦가을 서리까지 맞아

파란 하늘 끝
윗가지에 달려
빨갛게 시린 감을

이른 아침
까치가 반기는 것을

승진에 목이 말라

할배들 한창 때
훈계 비슷한 우스개

출세하려거든 자전거 타듯 해야

안장에 올라
가려는 자리 눈독 들이고

행여 뒤통수 맞을라
헬멧 쓰고

위로 향해 머리를 굽신굽신
아랫것들 짓밟으며 페달을 굴려야 하느니

출세하고 승진하고
그런 놈들 있기도 했지

요즈음은
없는 세상이겠지?

공갈빵

만든 사람 허풍일까
먹는 아이 욕심일까

바람 든 풍선
바람 먹은 맹꽁이처럼
배가 빵빵

빵은 죄가 없어
거짓말 안 하고
공갈도 안 쳤으니

배 가르면 빈탕
그나마
분칠한 설탕 꿀
계피 내음 향긋해

배고픈 아이
하나 먹곤
또 먹어야 해

노치원

유치원에서
노치원으로
조간신문에 났네

사람이 산다는 건
원(園)에서 원(院)으로 순례하는 예정

병원에서 유치원
학원에서 배우고 나도
원에서 원으로 바쁜 세월
노치원 다니다
또 다른 병원으로 실려 간다네

나이 들어
배워서 뭐해
돌아서면 잊어버리는데
하루하루 지루할 뿐

오늘 아침도
봉고 한 대
어르신 모시고 빠르게 간다

심지

등잔불 밝혀
책 읽고
숙제하던 어린 날

가물가물 희미해진 등잔
기름 채우고
심지 돋우어 주시던 어머니

그을린 콧구멍으로
머릿속 한구석에
또 다른 심지가 생겨

등대에 등불 보며
망망한 밤바다 헤쳐 가듯
버티어 준 삶의 심지

그때부터 불 밝혀 살아왔었지

수명 연장

백세를 사는 시대

자동차도 오래 타려
기름치고 부품 갈고

때때로 건강검진
장 보러 다니듯 약봉지 늘어세우고
병원 드나들며 수술 날 받아 둔다

망가진 부품 고치다가
통째로 갈아 끼우는 차

언젠가
약도 수술도 안 된다면

심장도 신품
다리도 신품
공장에서 새로 만든 순정부품
로봇 아닌 개조 인간 재생할 듯

축복일까
재앙일까
백세까지 산다는 게

초롱불

장맛비 질척이는 유월의 밤
가로등
전기라곤 없던 시골길

연발착하는 증기기차 덕분에
한밤중이나 되어야 집에 온다

빠른 지름길은
상엿집 옆을 지나는 고갯길

귀신 나올까 봐
빗방울 소리에도 머리칼 곤두설 때

저 멀리 마을 어귀
흔들리는 초롱불

어머니
아
어머니

미호천(美湖川)

금강(錦江)으로 흐르는 아름다운 물길

여름이면
뚝방에 소를 매고
물속에 멱 감는 동안
해는 뉘엿뉘엿
고삐 쥐고 소 잔등에 오르면
방울소리 절렁절렁 집 찾아간다

바닥을 내보이며 흐르는 맑은 물
모래무지 뛰다 모래에 숨고
은어, 치리 펄떡이던
미호천

잘 먹고 잘 살자고 들어선 종이공장들
그 많은 시냇물 빨아들여
발목이나 적시는 개천으로

누가 잘 먹고
누구네 잘 사는지

증명사진

한일자로 굳게 다문 입술
조그만 눈 치켜뜬 채
이마에 굵은 주름
뒤로는 하얀 배경
6개월 내 찍은 거래야
증명사진이라나
웃기라도 했으면 부드럽게 보였을 걸
하기야
요즈음은 웃을 일이 없다만
그래도
네 얼굴 다시 보며
웃으며 살아야지

그 반찬에 그 밥

보자기에 도시락
어깨에 메던 시절
보리밥에
김치 아니면 장아찌 반찬
국물이 번져 시큼한 책 보따리
하다 못해
멸치볶음이나
계란말이
나물무침이라도 넣어주면 어때
몰라서 안 해?
없으니 못하지
야속하던 어머니는 벌써 가시고
철없은 아이는 늙어
그 반찬 되돌아보며 새김질하네

낯선 사진

책갈피 사이
흐릿한 흑백 사진 한 장
나를 바라보는 청년을 만나

수십 년 거슬러 올라
이름을 물어보니
내 이름 댄다

핫바지에 헐렁한 셔츠
검은 곱슬머리
이마에 주름 하나

아들보다도 어린
가뭇한 그때
옛날이야기 주고받다가

헤어지면서
잊지 말자고
아쉬움 달래며 헤어진다

군병원 병실에서

병실의 입원 사병들은 매일매일 심심하였다

자살을 하렸는지
실수를 하였는지
양잿물 한 조각 삼킨 녀석
목구멍 녹아버려
식도에 구멍
깔때기 차고는 병실에 입원
끼니때마다
깔때기 열고
밥도 넣고 반찬도 넣고
국도 쏟아 붓고

옳지, 저거야

환자가 잠든 사이
깔때기에 소주를 들이부어

잠에서 깨어난 환자녀석 비틀비틀
술 취한 주정뱅이처럼 횡설수설

술 부은 병실 동기놈들 시치미 뚝 따고 딴청

이도령 흉내낸 시

어느 공군기지에서

김신조라는 북한 무장간첩이 청와대를 습격했던 시절
무더위가 기승을 부리는 한여름 비행장 활주로 끝 비상대기실
장군님이 순찰을 나오셨다
근무 중인 조종사들 '근무중 이상무'
옆에 붙은 허름한 목조 건물
'저긴 뭐야'
'보일러실입니다'
'열어 봐'
사병 두 녀석, 팬티 차림에 드르렁 드르렁 꿈나라 헤매시는 중
문소리에 화들짝 벌떡 일어나
'근무중 이상 없음', 거수경례
'뭐, 이상 없어?'
앞에 선 놈 볼때기에 불이 번쩍
옆에 놈은 맞을까 봐 열린 문으로 후다닥 줄행랑
맞은 녀석 뒤따라
'이놈들 이리 와'
'때리는데 누가 가요'
화가 난 장군님 돌멩이 집어 던지자 이놈들은 낮은 포복
권총을 빼어들자 더 빠르게 뛰어 도망
〈대낮의 활주극〉에 수행 조종사들 배꼽을 잡고

식식대는 장군님, 소속 부대장 불러들여 정강이에 구두발질
매 맞은 부대장은 중대장에 화풀이 기합
전후 사정 들은 중대장님 껄껄껄 웃었단다

겨울에나 불 때는 보일러실
한여름 낮잠 자던 사병들 귀쌈 맞은 코미디 활주극 한 편

나를 아시나요

이름은 ○○○
나이는 19 * * * * *
주소는 5 * * * * *
연락처는 01* **** ****
여러 개 숫자와 영문과 특수문자로
필요한 단체마다
제각각 만들란다
내가 만든
비밀이름 비밀번호
때때로 바꾸라고
쓸라치면 헷갈리고
틀리면 꼬여 버려
여기저기 물어보고 묻고도 틀러

내 이름
내 번호를
남에게 묻는
문맹(文盲)을 벗어난 전맹(電盲)이여

고해(告解)

새까만 뱀은
붉은 혀 날름대며
여인에게
사과 달린 나무를 알려 주었고

그 여인은
빨간 사과를
제 남자와 나눠 먹고는
알몸을 가리고 숨어 다녔다

입만 열면
잘난 세 치 혀로
죽일 놈 망할 놈 싸워대며
깨끗하다고 우기는 군상들

그 가운데
맨다리 드러내고 활보하는 여자 바라보며
진한 욕망을 숨기는, 나도
한 마리 뱀일 뿐이라고

고백하나이다

할껴, 말껴?

세상은 2진법 시대
뭔지는 저들에게 맡겨 두고
On, Off 선택은 우리들 몫

집안에 들어서 컴컴하면 On
끌라치면 Off
세수라도 하려면 On
끝났으면 Off

어느 나라 사람들이 시작한 10진법
오늘의 선지자가 2진법도 발명
세상은 똑딱 똑딱

만사형통
만사 민첩

말은 느려도 행동은 빠르다는
충청도 사람들은
On, Off를
할껴
말껴로 직역

어때유
간단하쥬?

마중물

부름에 응답
정직하고 정확하다

동네 샘터에 아낙들 두레박질
물동이 찰랑찰랑
정수리 머리칼이 미어지던 때

앞마당 자가용 펌프
하늘에서 내려준 선물

어느 때고
어느 날이고
한 바가지 물
팔 운동에 물이 몇 동이

부르면 응답하고
베풀면 복이 온다
덕담까지 이어지는 마중물

머리 굴려 개발한 이 누구일까
온 세상 편리하게

일자리 사슬

가을 되니 메뚜기 튀어 날고
선량들이 바빠지는 선거철

세금으로 먹고 사는 사람들
자나 깨나 일자리 창출
일거리 만들었다 자랑

네거리에 걸린 현수막
하얀 천에 인쇄하고
사진도 찍어

거느라
걷느라

길거리에
줄줄이 이어지는 일자리 사슬

쓰레기 만드느라
수고 많이 하셨습니다, 그려

현수막 홍수

네거리 모퉁이
도로 옆구리마다
표 달라 애타는 잘난 사람들
잘한다고
잘하겠다 우겨대네

쳐다보다 읽어 보다
교통사고
신호위반 벌금 딱지

표 받아
하는 일은 싸움박질
세금 낭비 국고 손실

하기야
현수막 주문해서 일자리 창출
현수막 거느라 일자리 만든다나

아침저녁 마주치니
얼굴 보면 미워지고
읽다 보면 싫어지네

흔해 빠진 환경보호
길거리 환경보호 빠뜨리셨네

성지순례

예수의 묘지로 가는 길에
헤로데왕의 사적비도 눕혀 있다

수많은 참배객들은
전세계 모든 곳에서 왔고
예수를 믿건
석가모니를 믿건
마호메트를 믿거나 상관이 없다

그러나
순례 오는 사람들 가운데
유대교를 믿는 사람은 반드시 헤로데의 비석을 밟고
사과문을 읽어야만 예수의 묘지 앞에 갈 수 있었다
이를 감시하는 사람들은
묘지를 가꾸고 지키는 사람들로
성전에 바치는 돈을 관리하고
성전에 바치는 예물도 팔고
헤로데의 비석을 밟는지 감시하고
어기는 사람들에게 던질 계란까지도 팔았다

예수를 참으로 믿는 사람들은
헤로데의 비석을 발판의 돌멩이쯤으로 알고 있었다

밥 묵었능교?

밥 묵었능교?
두어 세대 전 경상도 아침인사
웬 밥 타령
밥 아니면
빵이나 라면 먹으면 되지
요새 아이들 생각

Good morning!
Ohaio kosaimas
다른 나라 사람들 아침인사
우리도 살 만해져
'안녕하세요?'

경상도에서 온 시골 청년
출근하는 사장님에게
'아침 자셨능교?'
허리 굽혀 공손히 인사하니
'아침 굶는 사장 봤나?'
인사하다 어리벙쩡, 무안

안녕!!
안녕하세요?

온 세상 상쾌한 인사

거짓말이야

'거짓말이야, 거짓말이야'
'사랑도 거짓말, 웃음도 거짓말'

어느 여가수는 사랑의 허구를 노래해서
우리에게 감동을 주었지만

독자 모으려 헛글 쓰는 삐딱한 언론
헛소문에 주가 올려 돈 버는 투기
국민 속이는 사기 정치와 기울어진 재판
없는 경력 부풀리는 학부모까지

출세와 돈에 눈이 멀어
절차도 방법도 밟아버리는 요즘

배운들 무엇하랴, 더 배워서
더 속이고
더 차리는 잇속

거짓말이야
거짓말이야 하며

아니라고 우겨
우겨 대며
참말로 살아야지
참되게 살아야지

댓글 난무(亂舞)

탈춤이야 흥겨움에
저절로 들썩이지만

전파를 타고
난무하는 댓글에 짜증

이름도 얼굴도 가리고
욕설과 선동, 시비와 거짓투성이로
혹세무민에 바쁜 사람들

어쩌하는 노릇인가
어쩌자는 난리인가

바른말 앞세우려는 언론
글 잘 짓는 시인들

멋들어진 '글 춤' 추어
세상 한 번 바로 잡고
떠들썩 웃겨봄이 어떠실는지

이도령 흉내 낸 시

大庄洞地市長飯(대장동지 시장반)
대장동 땅은 시장님 밥

民草玉土投錢販(민초옥토 투전판)
백성들 땅은 투전판

喜姬樂輩怨聲高(희희락배 원성고)
돈 벌어 좋아하는 무리들에 원성이 높아

假說亂噴萬人怒(가설난분 만인노)
들끓는 거짓말에 국민들이 분노한다

경우에 어긋나다

경우에 없어
경우에 어긋난 거야
암, 그렇고말고

마을 느티나무 아래
어르신들 모여
엊그제 앞뒷집 싸움을 두고 갑론을박

윤리와 상식과 도리가 기준

잘 못하면
집집마다 사죄하고
이웃 눈 피해 떠나는 벌칙도 감수

이랬는데

죄짓고도 아니라고
질질 우기며 세 번씩 재판하고

법조문 달달 외운 전문가와
맞다고 맞장구치고
목청 세워 시위하는 비뚤어진 양심들이여

둑 터진 미호강(美湖江)

우리가 모르는 사이 강으로 바뀌었나
미호천, 무심천이었는데
江으로 바꾸면 江 대접해 주어야

강변에 시설물 늘어나고
농작물 우거지고
물 먹는 공장들 들어서고
모래자갈 강바닥 높아져도 모른 체

그 많은 환경쟁이 수다는
무슨 말을 해댔는지
무슨 활동하였는지

둑 터진 미호강
지하차도 차고 넘쳐
사람 죽인 오명까지 쓰는구나

사후약방문(死後藥方文)
무심하던 공무원들 시달리고 다치시겠군

눈앞에 어른대는 돈에 취해
자연을 자연으로 가꾸지 못하는
부끄러운 우리 후손들이여

촌수 혼동

개팔자 상팔자 시대
개 안고 다니면 선진 문명인
개고기 먹으면 미개 야만인

아직까진
사람이 개보다는 나은 동물인데
촌수가 동등

개 안고선
자기가 엄마라나
그러면 암캐?
그 아빠는 수캐?

개딸들이 정치를 좌지우지한다던데
개딸이면 다른 말로 강아지
강아지들이 정치하는 나라에 사는 이 부끄러움

천자문 읽던 할아버지들
무덤에서 깨어나
광화문광장에 나와 데모하실까 걱정

상상의 나래짓
·
지은이 / 박동석
발행인 / 김영란
발행처 / **한누리미디어**
디자인 / 지선숙
·
08303, 서울시 구로구 구로중앙로18길 40, 2층(구로동)
전화 / (02)379-4514, 379-4519
Fax / (02)379-4516
E-mail/hannury2003@daum.net
·
신고번호 / 제 25100-2016-000025호
신고연월일 / 2016. 4. 11
등록일 / 1993. 11. 4
·
초판발행일 / 2023년 11월 10일
·
·
값 12,000원
·
·
ISBN 978-89-7969-881-7 03810